THE UMBRELLA ACADEMY 学院

天 启 组 曲

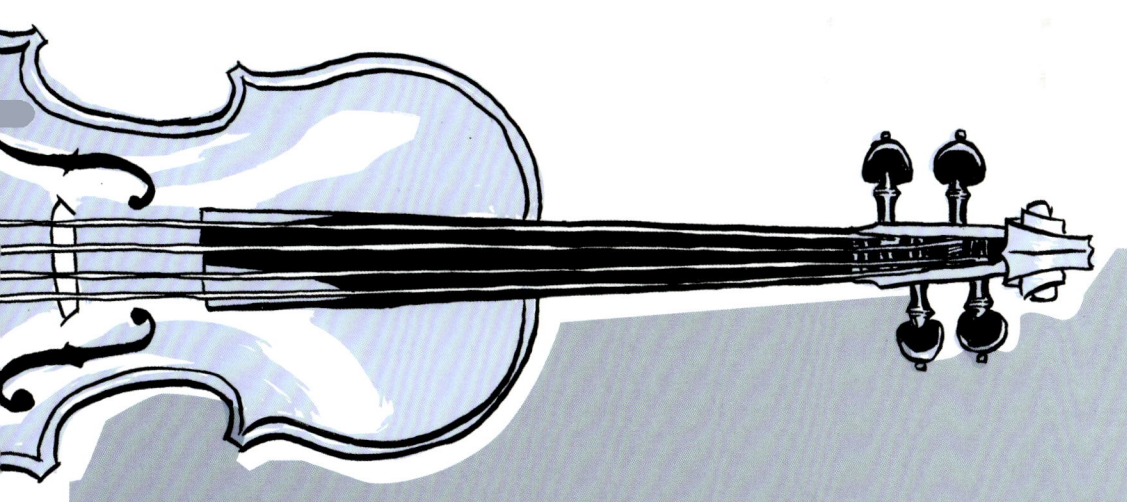

[美] 杰拉德·威 著
[巴西] 加百列·巴 绘
MetalDudu 译
iMick 校

THE UMBRELLA ACADEMY 学院

第一卷：天启组曲

故事：杰拉德·威
绘画：加百列·巴
上色：戴夫·斯图沃特
字体设计：BLAMBOT 公司奈特·皮考斯

章节封面艺术家：詹姆斯·简
合集封面艺术家：加百列·巴

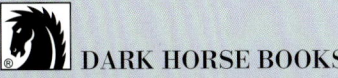
DARK HORSE BOOKS®

出版商：麦克·理查德森
编辑：斯科特·阿里
助理编辑：谢拉·哈恩和蕾切尔·艾迪丁
合集设计师：托尼·翁

以上为英文原版制作人员名单

The Umbrella Academy Copyright © 2008, 2019 Gerard Way and Gabriel Bá. The Umbrella Academy™ and all prominently featured characters are trademarks of Gerard Way and Gabriel Bá. Dark Horse Books® and the Dark Horse logo are trademarks of Dark Horse Comics, LLC, registered in various categories and countries. All rights reserved.

Simplified Chinese edition published in 2019 by New Star Press Co., Ltd

图书在版编目（CIP）数据

天启组曲 ／（美）杰拉德·威著；（巴西）加百列·巴绘；MetalDudu 译
. ―― 北京：新星出版社，2019.12
（伞学院）
ISBN 978-7-5133-3594-2

Ⅰ．①天… Ⅱ．①杰… ②加… ③ M… Ⅲ．①长篇小说－美国－现代 Ⅳ．
① I712.45

中国版本图书馆 CIP 数据核字 (2019) 第 112779 号

伞学院：天启组曲

[美] 杰拉德·威 著　　[巴西] 加百列·巴 绘
MetalDudu　译　　iMick　校

责任编辑：汪　欣
责任印制：李珊珊

出版发行：新星出版社
出 版 人：马汝军
社　　址：北京市西城区车公庄大街丙3号楼　　100044
网　　址：www.newstarpress.com
电　　话：010-88310888
传　　真：010-65270449
法律顾问：北京市岳成律师事务所

读者服务：010-88310811　　service@newstarpress.com
邮购地址：北京市西城区车公庄大街丙3号楼　　100044

出版统筹：贾骥 宋凯
出版监制：张泰亚
特约编辑：鸦哭魔
美术编辑：宋慧 鸦哭魔

黑马漫画创始人：
Mike Richardson
大中华区总经理：
蔡超
高级经理：
武文超
高级数字化经理：
李雪静

印　　刷：北京美图印务有限公司
开　　本：787mm×1092mm　　1/16
印　　张：23.5
字　　数：25千字
版　　次：2019年12月第一版　2019年12月第一次印刷
书　　号：ISBN 978-7-5133-3594-2
定　　价：88.00元

版权专有，侵权必究；如有质量问题，请与印刷厂联系调换。

前言

这个故事以最好的方式开始,那是一记"原子飞肘"……

2006年年底,我在格拉斯哥遇见了杰拉德·威,他和他的乐队"我的化学浪漫"才刚发布新专辑《黑暗游行》不久。

对我来说,单曲《黑暗游行欢迎你》的MV展现出一种完美的,可以称之为"具象死灵"的东西,而我正希望它出现在流行文化里,所以我想和他见面。他们的朋克风格,继承了佩珀军士(译注:披头士专辑《佩珀军士的孤独之心俱乐部》)的后启示录式的回响,那些奏响挽歌的吉他声和被诅咒的年轻士兵,主唱犹如弗雷迪·默丘里(译注:皇后乐队主唱)般的豪放唱腔,将音乐的极端情感与军人气概浓缩在一起,组成了完美的综合体:这种风格的融合让人兴奋不已,它彰显了这支流行乐队的野心、视野和迅速吸引我目光的影响力。

当我在编写蝙蝠侠第663期漫画里有关那个疯子小丑的故事时,我不停地放着《黑暗游行》这张专辑,在苏格兰那个痛苦的冬天里,伴随我度过无数个无尽的、阴冷的、黑暗的夜晚和香烟缭绕的白天。

所以当我最终和杰拉德见面时,我们都已经对对方心生仰慕。他那时披着那头标志性的银发,因为然染发剂让他头皮很痒,所以他正准备放弃这个发型。我们的关系进展得像老朋友一样,那个下午他的乐队在试音,我们在边上聊了漫画、旅行、摇滚、人生、死亡、马尔科姆·麦克道尔(译注:英国演员,代表作《发条橙》),还有很多很多。

他告诉我他一直在创作一本他自己的漫画,名字叫《伞学院》,现在我对他和他的影响力有了更多的了解,我就对他说在漫画出版前我很想读读看。没有比为了不伤害一个朋友的感情而假装感兴趣更糟糕的事了,但杰拉德不是来漫画界找乐子的名人——他懂漫画,他热爱漫画,他也清楚知道出版的流程。

尽管如此,我还是不知道我期待的是什么,除了大概是《黑暗游行》主题的延伸:如癌症、卡巴莱歌舞表演(译注:一种歌厅式音乐剧形式),还有混乱。

老实说,一开始我不太确定他在他的音乐巡演途中是否还有余力应付漫画的截止日期。这种事情就算在舒适的家中都是很难办到的,但《伞学院》一期接着一期完美的如期完成,内容与我预想的完全不一样。我猜想这离不开他的职业素养,其中包含了对英剧《囚犯》的致敬、法国超现实主义元素、音乐史还有下意识对老牌英剧和电影的引用,等等。

那种活泼自信的叙事节奏,那些幽默和创意,那些省略的讽刺性叙事标题,与带有黑色讽刺效果的对话交叉,读起来就像出自漫画界的成名大师之手。加上加百列·巴的曲线圆滑、棱角分明、明暗交替的出色画作,简洁而富有表现力的线条和戴夫·斯图沃特引人入胜的上色,杰拉德的故事和角色在每一页、每一章中都迸发出鲜活的生命力,给我们带来一个完全真实的、马不停蹄的世界,里面英雄与恶人正经历着背叛、屠杀、羞辱、欢乐、失败、心碎和死亡。

加上詹姆斯·简充满无与伦比氛围感的封插,再混合上忧郁和狂热,呈现出的是这十年里最棒的新漫画。

《伞学院》有一种声音和节奏,并非是杰拉德用他的乐队和嗓音所创作出来的那种。但仔细聆听,你便会清晰地明白它独特的地方。

这里收录的是《伞学院》前六章的故事,组成了《天启组曲》的故事线。

故事从一记肘击开始,以一块三明治结束……

这其间你会听到最与众不同的乐章。

格兰特·莫里森
2008年4月于洛杉矶

献给我的妻子林赛,你就是我的伞。
——杰拉德

每当完成《伞学院》的一页,我最大的快乐就是把它拿给我孪生兄弟看,这样我才能相信我确实画完了它。这本书献给法比奥——没有你就没有这本书。
——加百列

第一章

那一年,外号"缠斗汤姆"的格尼击倒了来自参宿七星球的太空乌贼。

晚上九点三十八分……

格尼正使出一记"原子飞肘"。

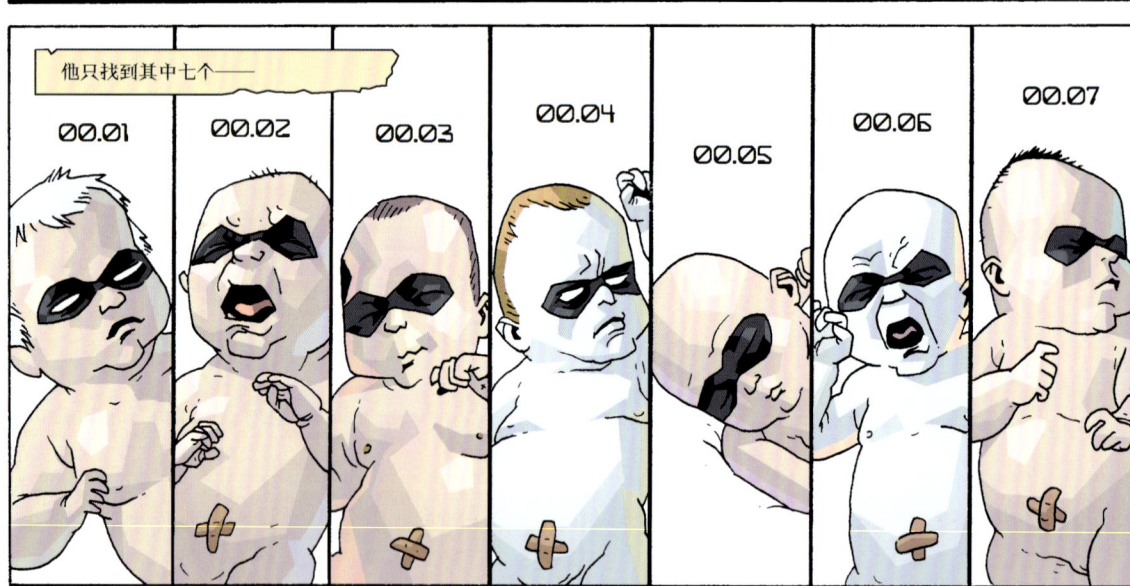

*密涅瓦（Minerva），罗马神话中的智慧女神。

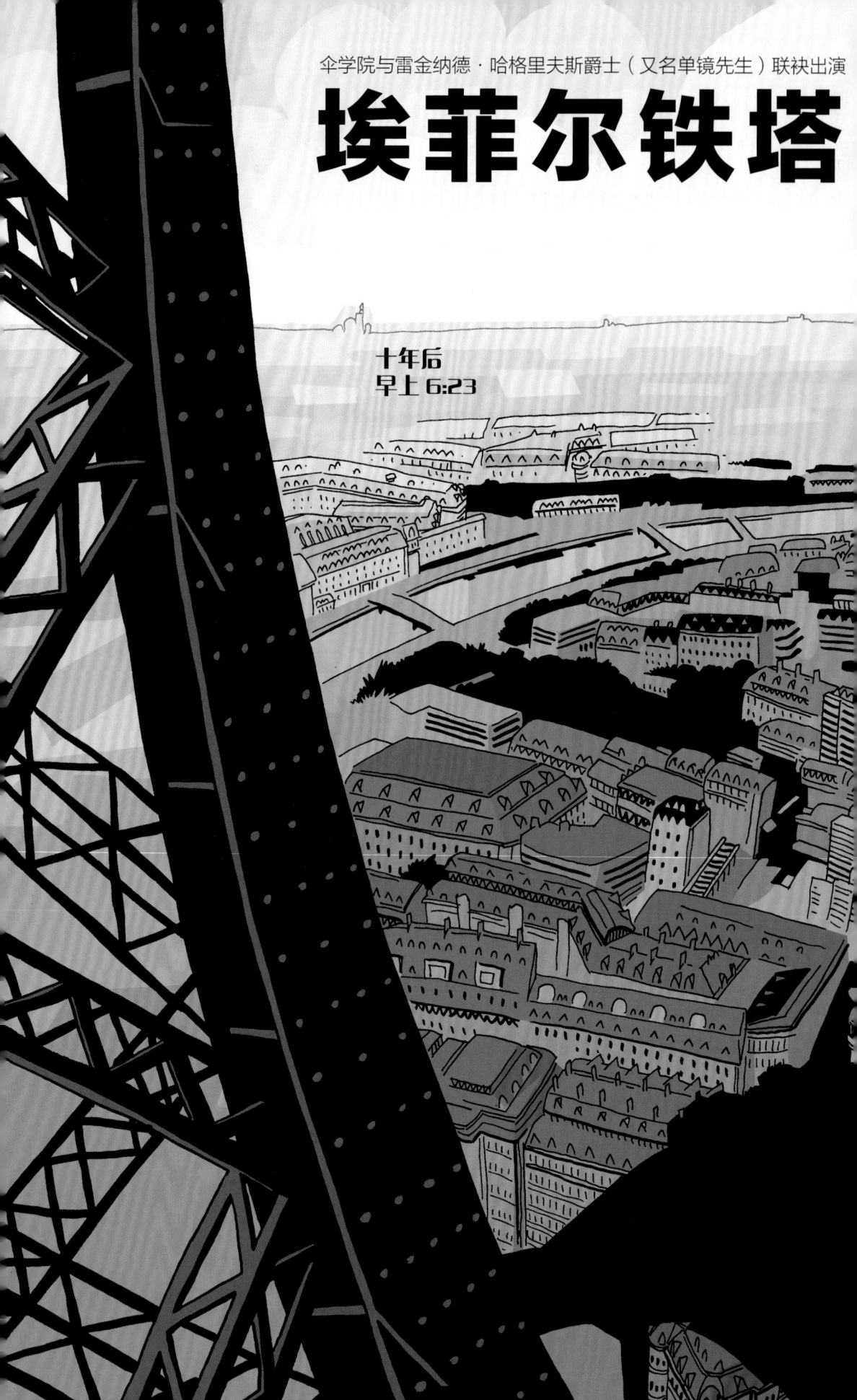

早上 7:02

……从**空中**飞出来？

是的。

你不觉得他是跳下来的吗？

不。
他是**被推**下来的。

那也太荒谬了！

*下图海报：太空小子——第一个进入太空的孩子

*下图新闻：火星任务失败——太空小子身受重伤。

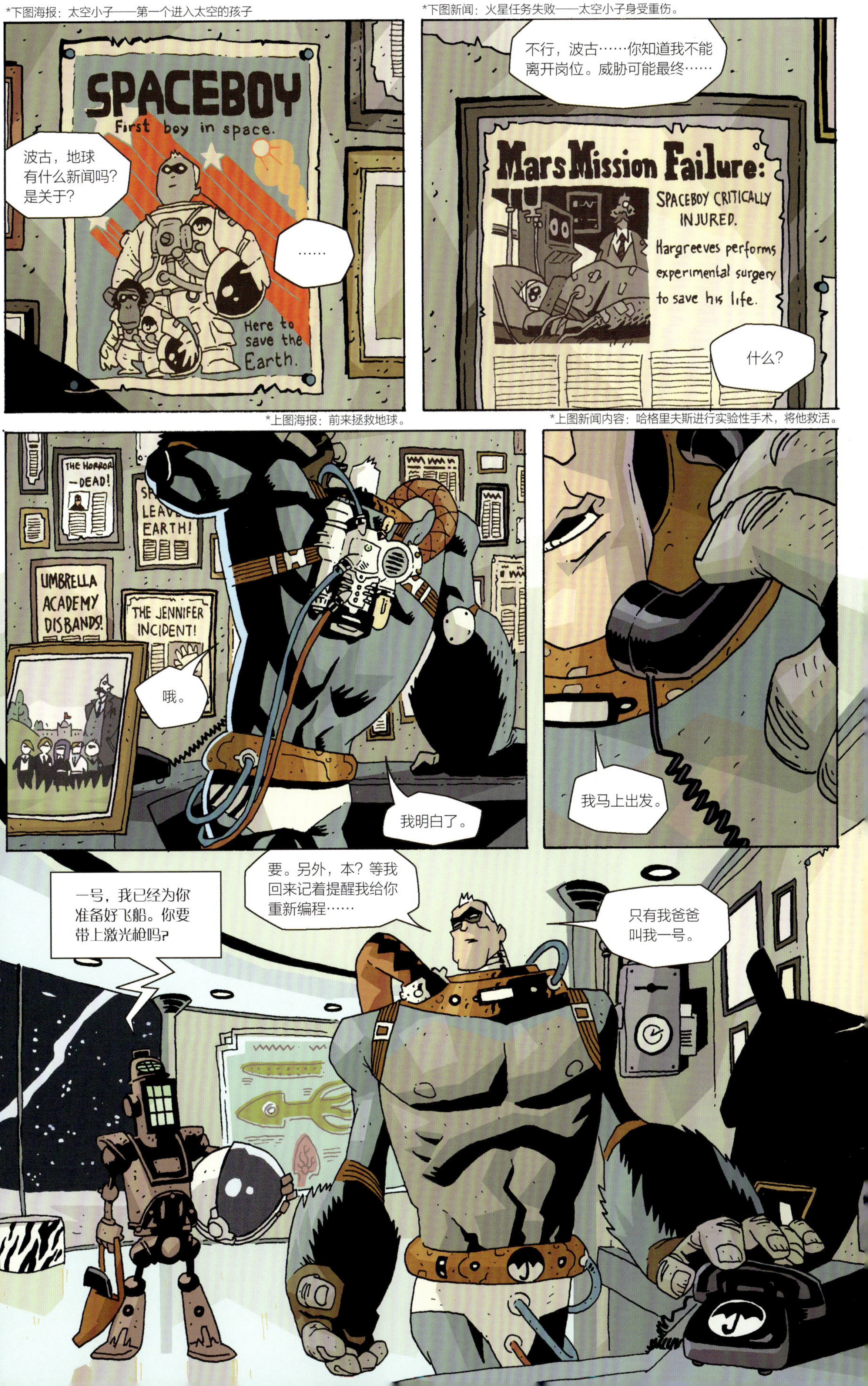

波古，地球有什么新闻吗？是关于？

……

不行，波古……你知道我不能离开岗位。威胁可能最终……

什么？

*上图海报：前来拯救地球。

*上图新闻内容：哈格里夫斯进行实验性手术，将他救活。

哦。

我明白了。

我马上出发。

一号，我已经为你准备好飞船。你要带上激光枪吗？

要。另外，本？等我回来记着提醒我给你重新编程……

只有我爸爸叫我一号。

伞学院

第二章

城市。

美好的早晨。

分析完毕！！！
空间跳跃成功！！！

看了没人发现我们！
毁灭机器提图斯*！

* **TITUS**，古罗马皇帝的名字，指代 T 字样的机器人。

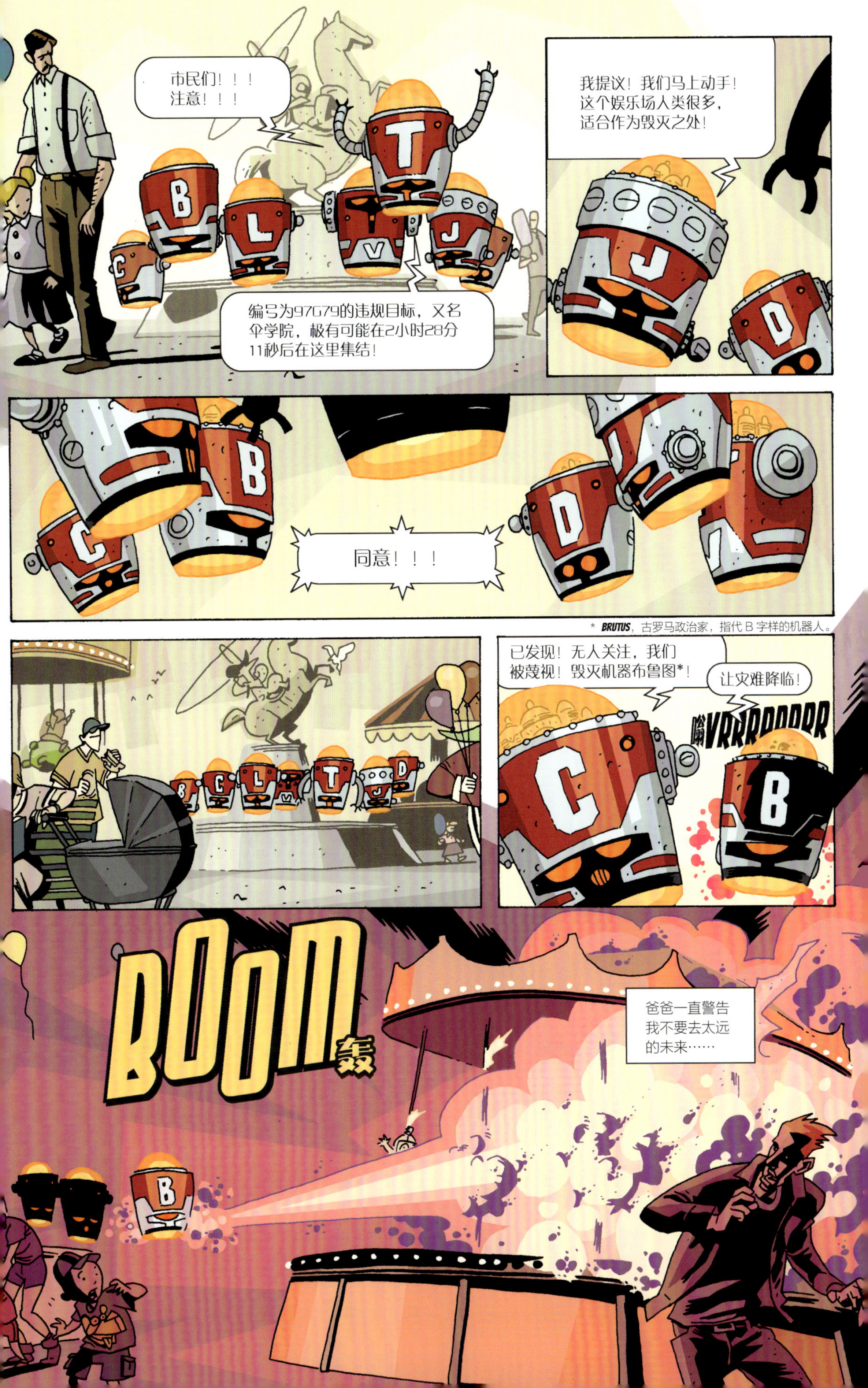

市民们!!!
注意!!!

我提议!我们马上动手!这个娱乐场人类很多,适合作为毁灭之处!

编号为97679的违规目标,又名伞学院,极有可能在2小时28分11秒后在这里集结!

同意!!!

* **BRUTUS**,古罗马政治家,指代B字样的机器人。

已发现!无人关注,我们被蔑视!毁灭机器布鲁图*!

让灾难降临!

嘣VRRRRRRR

BOOM 轰

爸爸一直警告我不要去太远的未来……

*暗指太空小子的邮编在月球,并没有在家里领导大家。

第三章

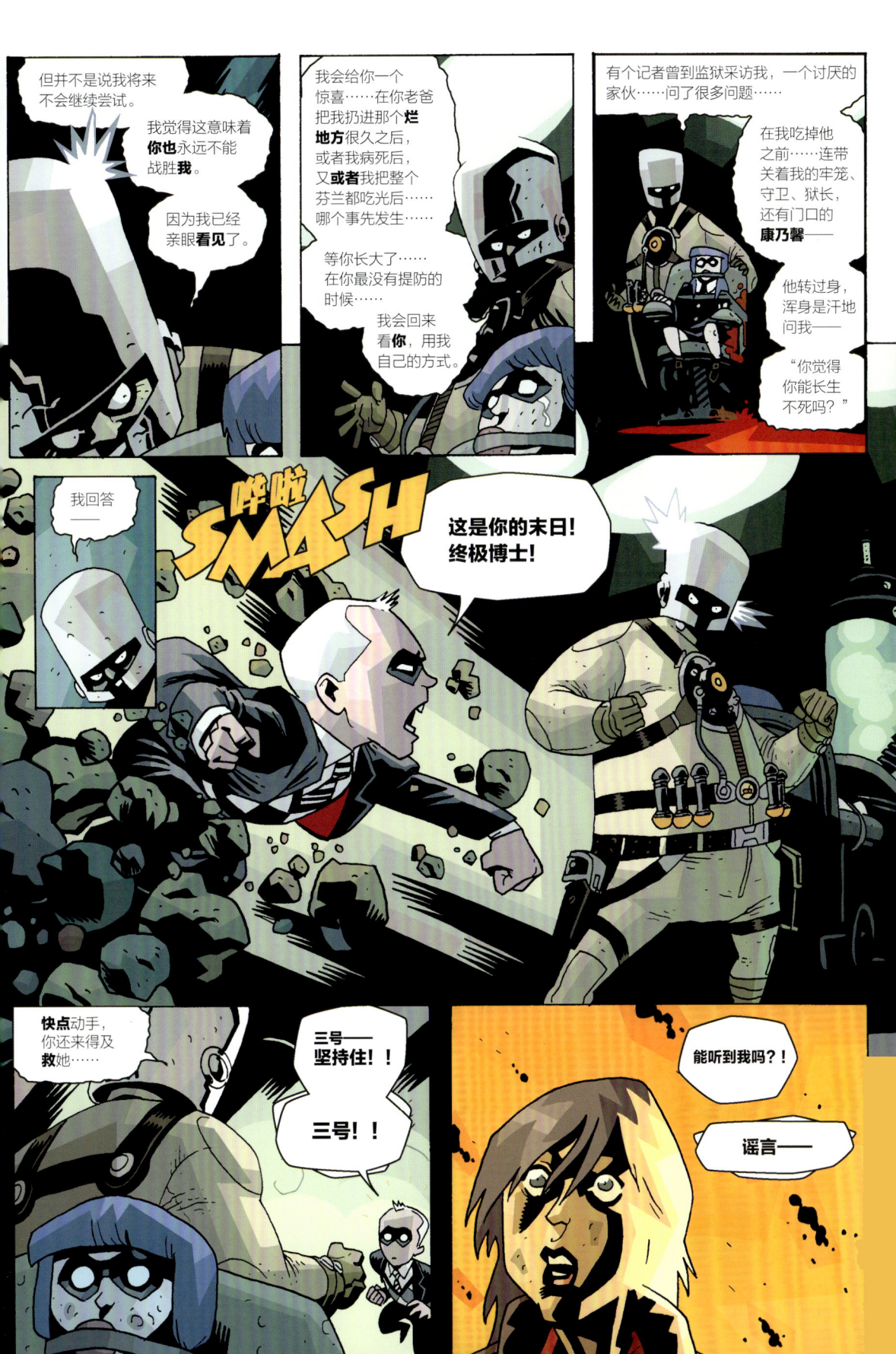

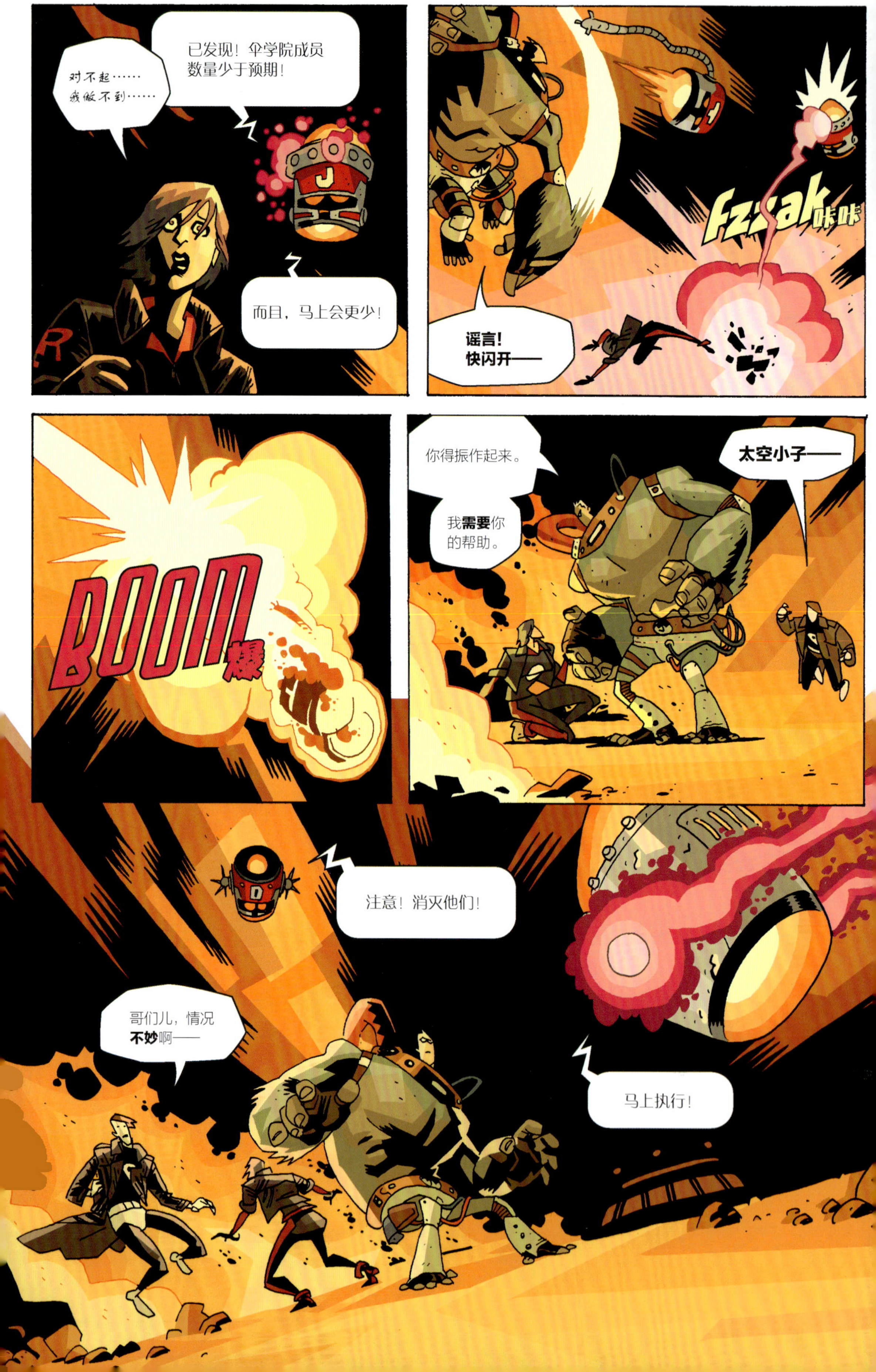

有关**雷金纳德·哈格里夫斯爵士**去世后，**伞学院**成员会重组的猜测早已传得沸沸扬扬……

——但这次重聚和预期的大相径庭。

在雷金纳德爵士**葬礼**的时候，七个不明身份的"**杀人机器人**"攻击了举行嘉年华的平台，他们在旋转木马边开火——

——至少**九名**儿童葬身火海。

有目击者证实，**太空小子**、**谣言**和**灵媒**刚刚赶到事发现场……并与上述机器人展开了一场**殊死**较量。

这是**新的**威胁还是旧敌重袭，现在情况不明……

我应该跟他们一起去……

他们**需要**我。

在搞清楚你的生理状况之前，我建议你不要轻举妄动——

——你看起来像是一个完全健康的**六十岁老人**活在**十岁孩子**的身体里。

但最不可思议的是……

第四章

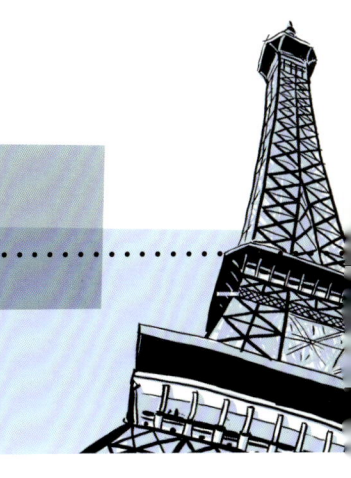

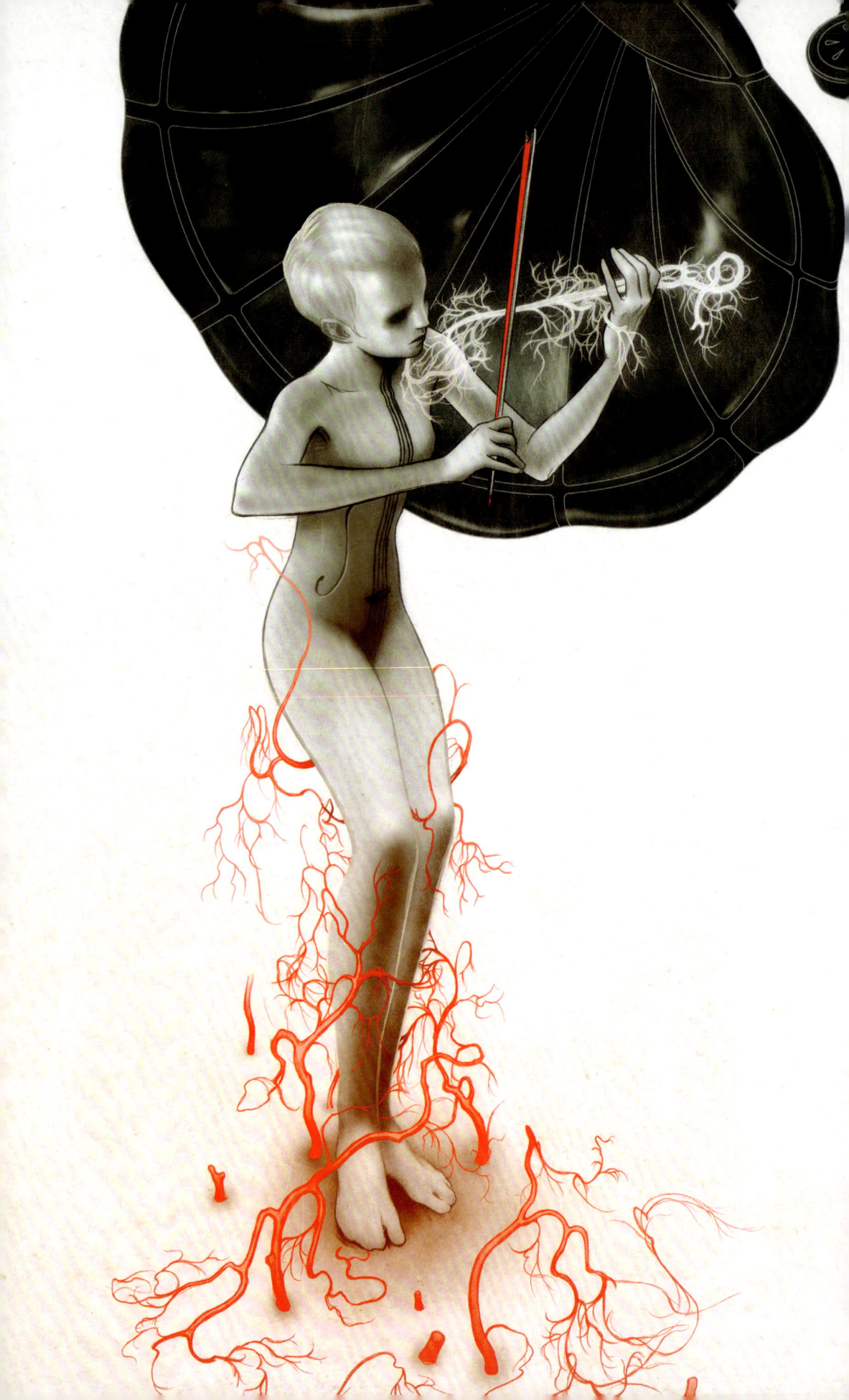

伞学院与毁灭机器联袂出演

宝贝，我你的弗兰

"其实你比自己认为的更特别"

发生了什么？！

你们究竟要对我做什么？！

将成为肯斯坦

天启组曲：故事六部分之四

别急、别急，凡雅……嘘……

你不是想帮我们吗？

你正在这么做啊……

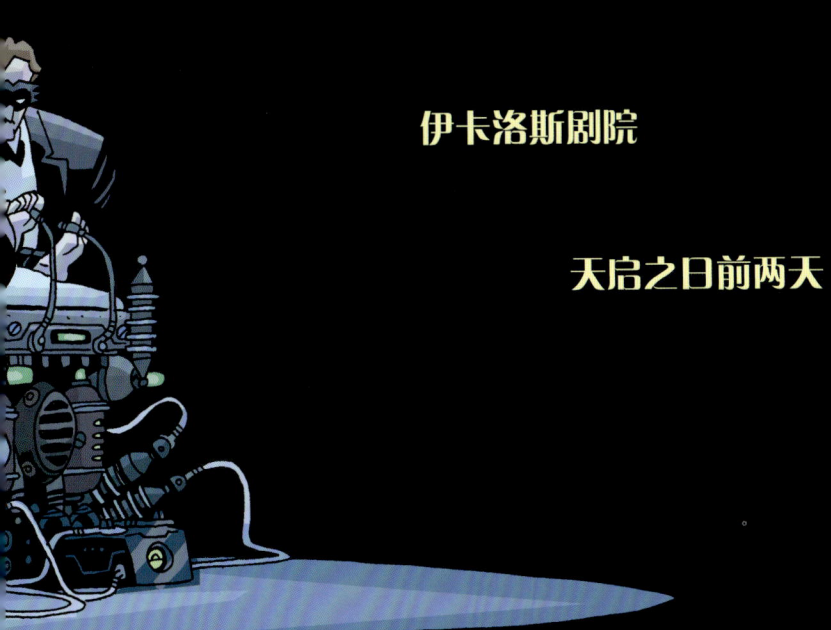

伊卡洛斯剧院

天启之日前两天

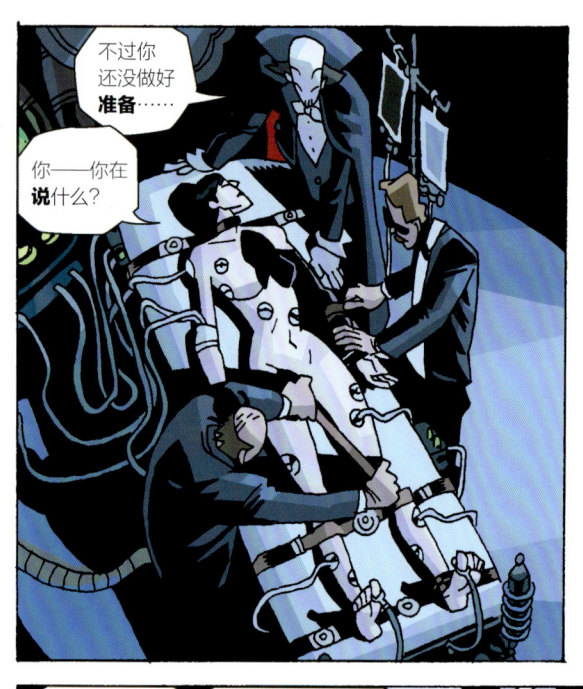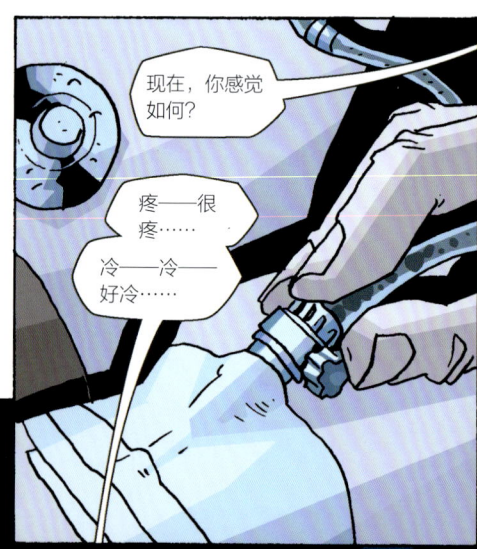

城市

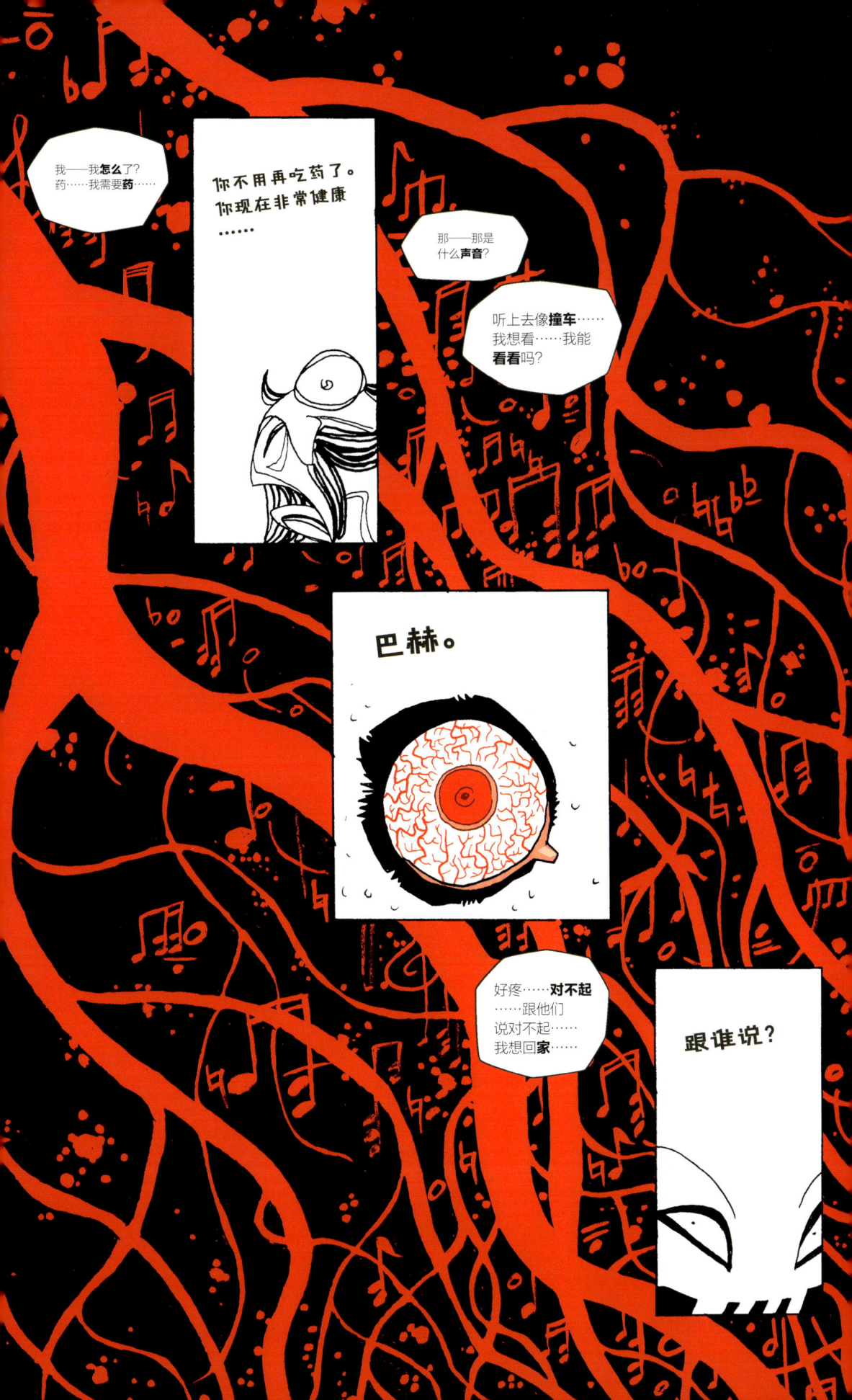

*上图为:《城市报》就是现在——伞学院警告,毁灭再次逼近。

* 法语，意同次页称呼。

第五章

抽烟早晚会要了你的**命**——

这**玩意**会让你死得**更快**！！

别来**无恙**啊，路波？

上帝，海怪……我差点儿就失手**崩**了你！

我觉得你是故意的……

科斯特洛餐厅的案子怎么样？

案件仍对媒体保密……

死了三个。从现场看像是自卫，不过嫌犯已经跑了。

一只黑猩猩，和一个穿黑色**校服**的男孩……

VROOM 嚓

市区

来点咖啡吧。

看上去你正需要一杯。

我看起来这么糟吗？ 谢谢……

你戴上**面具**了。

最近发生的事对我真是煎熬。我想戴上它可能会让我更舒服一点……

更像是**我自己**。

更像**你自己**，还是你**希望**成为的那个人？

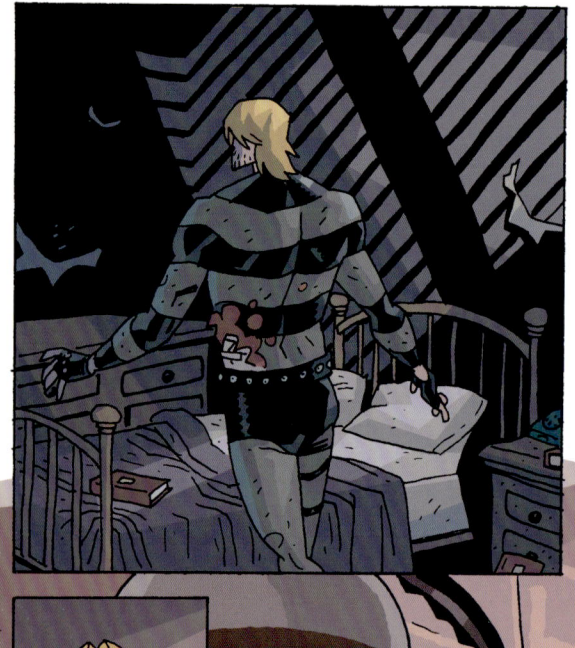

* 上图为：《城市报》完美的一天——没有任何负面新闻。

第六章

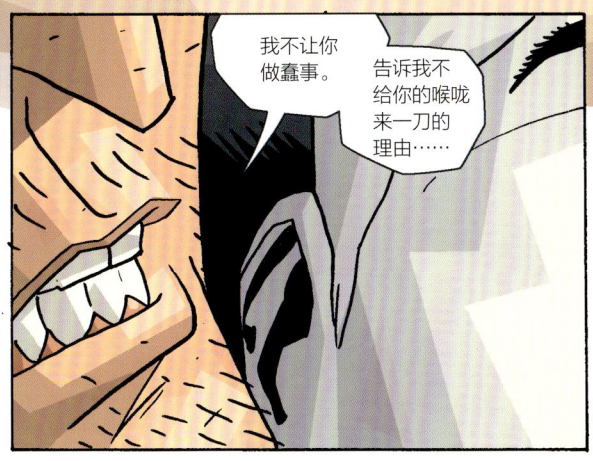

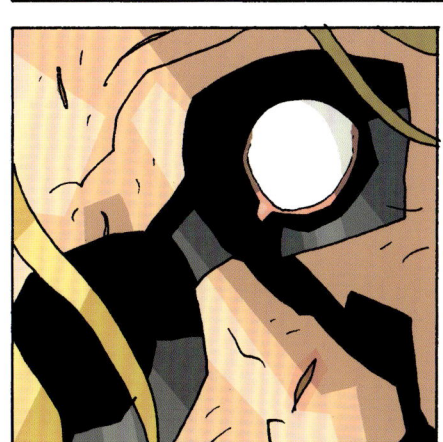
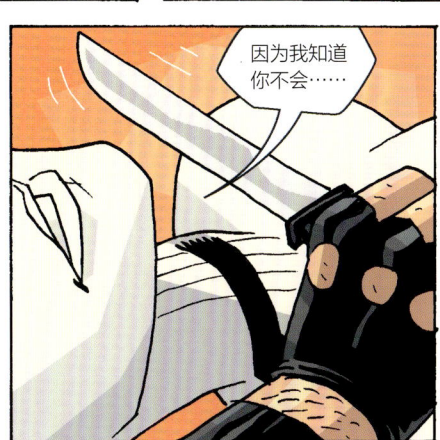
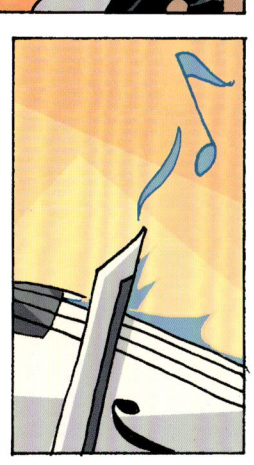

爆炸。

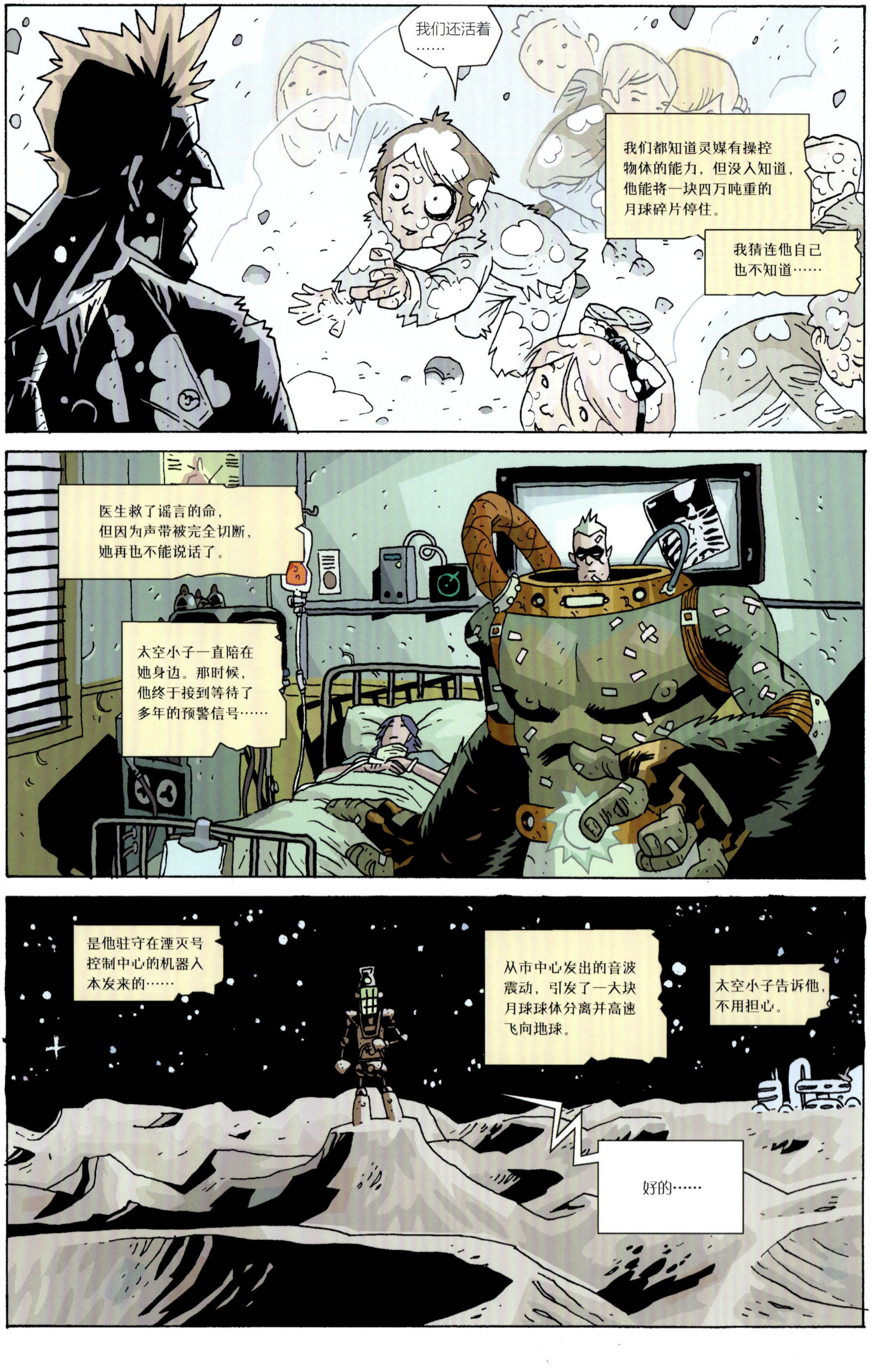

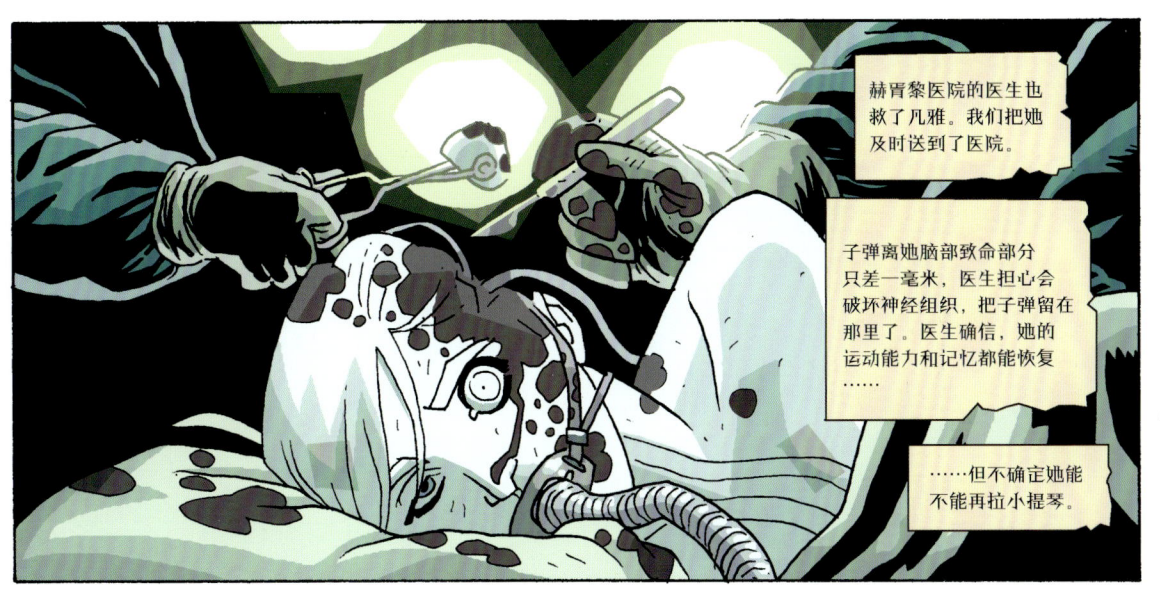

*上图报纸内容:《城市报》——躲过一劫,伞学院拯救了城市。

后记

在围绕本书发布的很多采访中，我发现他们都对我与一位摇滚明星合作出书表示怀疑。在这里提到这个是因为，我知道对于来自"我的化学浪漫"乐队的家伙进入漫画领域这事，其他人也一样会深表疑虑。我想打消它们，因为当书进入营销阶段，我已爱死了这本书。在我写下这篇后记的时候，系列漫画的最后一章正要送印，即便有些人会一直抱有疑虑，但我想聊一聊这本书带给我们的奇妙之旅。

过去十四年里，我编辑了很多漫画，从P.克雷格·罗素到凯利·琼斯，从埃文·多尔金到凯尔·贝克，柯特·比西克到麦克·米格诺拉，乔斯·韦登到瑟吉尔·阿拉贡。与每个人的合作都是不同的旅程，他们每人都教会了我不同的东西。

从一开始接触到《伞学院》，有一样事情我最为享受，那就是人生赋予了杰拉德一种能力，让这个三十多岁的年轻人活在各种他自己想象的世界里。他的世界是由他的作品定义的，从《黑暗游行》到《伞学院》，他以一种从不妥协的态度定义着他的现实。与此同时，我对其他一些有天赋的人不得不作出妥协这件事感到吃惊。你会觉得年轻才更须扬名，把自己的故事带给世人。但在漫画这行里，我所见的是很多行业里的精英仍旧不得不活在被创作出来已经有四十到七十年的世界中，用那些类似蝙蝠侠或蜘蛛侠的角色——甚至是我的老朋友柯南去讲述别人的故事。而杰拉德通过他的天才、个性和想象力，能够在每一天里放飞他非凡的创意想象。

在2006年的圣诞节期间，杰拉德来到波特兰创作《伞学院：天启组曲》的第一章，而我在他下榻的本森酒店监督着他。结果他在酒店里住了超过一星期，每天抽着烟，穿着一件旧的蜘蛛侠图案T恤衫，喝了很多咖啡。夜幕来临的时候，我们坐在一起讨论漫画工艺，讨论别的作家使用的技术，然后一起商量《天启组曲》。我很快发现杰拉德很像和我合作时间最长的麦克·米格诺拉，杰拉德喜欢和别人讨论故事，并在讨论中完善它。当你这么做时，你会思考听众的反应，捕捉到那些可以引发反馈的细节，修改无趣的部分。所以我们在多雨的古老波特兰漫步，在酒吧和咖啡馆里喝着咖啡，我们俩都保持着清醒，不停地讨论故事里的角色该如何发展。期间我们也讨论滚石乐队、韦斯·安德森和麦克·米格诺拉——但这本书的角色在杰拉德的脑海里已经足够复杂了，他可以不停歇地讲上数个小时，使我得以全部了解。我知道了他们会做什么，不会做什么，他们说话的方式和他们思考的内容。我非常享受身在这个杰拉德构建的幻想世界里，它启迪我这个常年伏案工作的人，给我的肌肉注入新鲜的血液。它让我回想起为何选择这个行业的初心。

在波特兰的那个星期杰拉德创作的并非《天启组曲》的第一章。在他到达的几天前，我正在为免费漫画日里发布《伞学院》漫画做计划，这是一个有出版商、零售商、一个印刷厂和一个经销商参加的活动，会分发免费漫画以吸引新读者。为了推广《伞学院》漫画，我们需要创作一个短篇故事，作为一个预告给大家看看成书的样品，告诉他们《伞学院》是个怎样的故事。所以我需要杰拉德在正篇前先创作这个。这个短篇将会成为免费漫画日里最大的事件，在发售后几个月也会广受欢迎。

故事来源于一个影像。地上躺着一具死尸，旁边站着同一个角色。然后旁白是："她真的是你。而你死了。很抱歉。"这就是杰拉德最先想到的。重要的是这具死尸不是样貌相似之人，抑或是某人的伪装，这点对他来说是重中之重。起初我认为躺在地上的不该是谣言，在尝试过各种可能性之后还是这么决定了。这是一个很难实现的点子，死的是真存在的角色而非替身，但正是这种超现实的调调让我们找到了系列的方向。对我们来说，这奠定了整个系列的基调。

圣诞前一两天杰拉德回到了东部，暂时离开乐队做个小憩。我想他们在新年的时代广场演出后几天就要去日本，但那短暂的几天让他能够润色在波特兰开始的脚本，之后我们终于顺利开始。

从那时起，2007年一整年都变成了跟时间的赛跑——《黑暗游行》专辑的超级成功引发了巨大需求，使备受瞩目的《伞学院》的漫画脚本很难完成。杰拉德构想的两个世界在全球范围内彼此追逐，不管杰拉德跟着乐队走到哪里，我都会给他打电话发邮件——无论电话是否打坏了一台又一台又抑或被盗，似乎各个国家的互联网联络都不够用。我替加百列恳求着脚本的尽快完成。当加百列在南美兢兢业业地工作，以惊人的速度画着每一章里的二十二页故事之时，杰拉德环游着世界，不停歇地创作着脚本，在东京、俄罗斯、内华达、德国和新泽西各地——比在漫画里出现的城市还要多。我的助手谢拉和我一样精神高度紧张，每当加百列接近完成各章故事的尾声时，我们都会进入恐慌——如果我们没能及时把脚本交给他，那么下一章就会跳票。还好，当我们拿到第一章后，杰拉德每次都比加百列领先一步，虽然每次都极为惊险。

但是关于这本书最重要的事情是大家倾注其中的团队精神。杰拉德和加百列通过这本书成为一个真正的团队，像优秀的作者和画家组合一样互相服从互相关照。团队精神的一部分在于我们都觉得在完成一件特别的作品。即使加百列会在长期的等待中变得不胜厌烦，但他明白杰拉德是为了乐队的事情，他一直都能理解——即便有的时候他的邮件过于直率且毫不修饰。但加百列总是和戴夫和奈特互发邮件去畅谈这部作品是如何出色，戴夫夸赞故事，奈特夸赞画面，每一次收到上好色的作品后加百列都想让戴夫嫁给他。戴夫和奈特同样给这部作品注入了大量个人风格，跟这部用不同寻常的方式讲述不同寻常故事的调性非常契合。黑马的制作部门不止一次帮助戴夫修正对版不准的背景颜色，或者帮助奈特修正奇怪的对话框。整个设计团队上下一心。詹姆斯·简，相对来说虽没有主团队这么投入，但他仅仅用每个月的一幅封面作品就震撼了大家，默默地提醒我们是多么幸运请到了他。即使是这本书的设计师托尼，在细微末节如广告和本书的内封上，也用独创的想法撼动着我们，完美契合了我们努力呈现的作品。

《伞学院：天启组曲》的第一章面世于2007年9月19日，那时我和杰拉德正在纽约和波士顿的两间书店签售。我们在一个星期之前拿到了预售的样书，当我们到达纽约的禁忌星球漫画店时，那里在签售区里堆着整墙的新书。直到此刻我仍旧不敢相信它真的已经出版上架。十四年来我一直如此，每当新书面世对我来说都像孩童世界里的奇迹。我们在过去接近一年的时间里倾注了如此多在《伞学院》上，忙着讨论书中每一处细节，你从来不会停下来去想拿到实体书的一刻将会是怎样一个场景，你也无法明白它是否终将是一本好书。你用了最大的努力来制作它，并必须由你完成每一个决定，否则它会让你全盘崩溃。所以当到了书面世的那天，你会觉得在签售的那刻是命运将我们聚集在一起，它神奇地超越了你的愿景，你得到了读者和零售商最直接的褒美，也看到了网上热忱的评论，最终你会听到人们说：是的，尽管有很多怀疑的声音，但这真的是一本好书，从里到外完完全全。

斯科特·阿里

THE UMBRELLA ACADEMY

2003 年左右，杰拉德最早所做的太空小子设定。很长一段时间，他的名字叫达尔文博士或进化人，而其他成员的名字也在杰拉德的草稿本里经常变动。

PERSONALITY
SERIOUS
HEROIC
GRIM
LONER
~~unphasAble~~
unphasible

- DR DARWIN
- EVOLUTION EAR
EVOLUCIUS

杰拉德尝试给太空小子涂上绿色，另外后面也隐约可见小组另外一名成员的设计。右下角的头部设计，原本有可能是太空小子在火星上的猩猩身体。

这是杰拉德给黑马漫画呈交的计划书里太空小子的形象。
加百列和戴夫的设计来源于这张画作。

紧接着，加百列开始增大了猩猩躯体，导致在第六章的一幕里，太空小子的手可以包裹住谣言的整个身体。加百列还花了很多功夫给太空小子的身体设计机械装置。

对页：黑马新作推广系列中的部分，凸显了独特的角色。
作画：加百列，上色：丹·杰克逊，页面设计：克丽丝多·海涅斯。

左上方是杰拉德计划书里海怪的形象,之后这个形象基本就定型了。右边是加百列早期的脸部和头部练习。杰拉德和我总是忘记指出海怪右眼是瞎的。头几张封面图里,我们得叫詹姆斯返工把右眼涂黑。

杰拉德计划书里时空小子和灵媒的形象。他们的形象和性格在第一集里有微妙且重要的变化。

谣言并没有出现在最早版本的小组里,而她的形象经过很多变化才确定为右图(计划书)中的形象。
发型上的区别很明显,但原始的服装上的问号标记改为了肩膀上的R图标,杰拉德后来把两者结合在另一张画作里。我们不知道这个猫人是谁,很明显杰拉德也没太多想他。

对页:加百列修改了她的服装,和杰拉德一起琢磨如何处理R和问号的图标。
这幅画在创作短篇《不能遗忘的过去》前不久而作,离正式连载还有几个月。

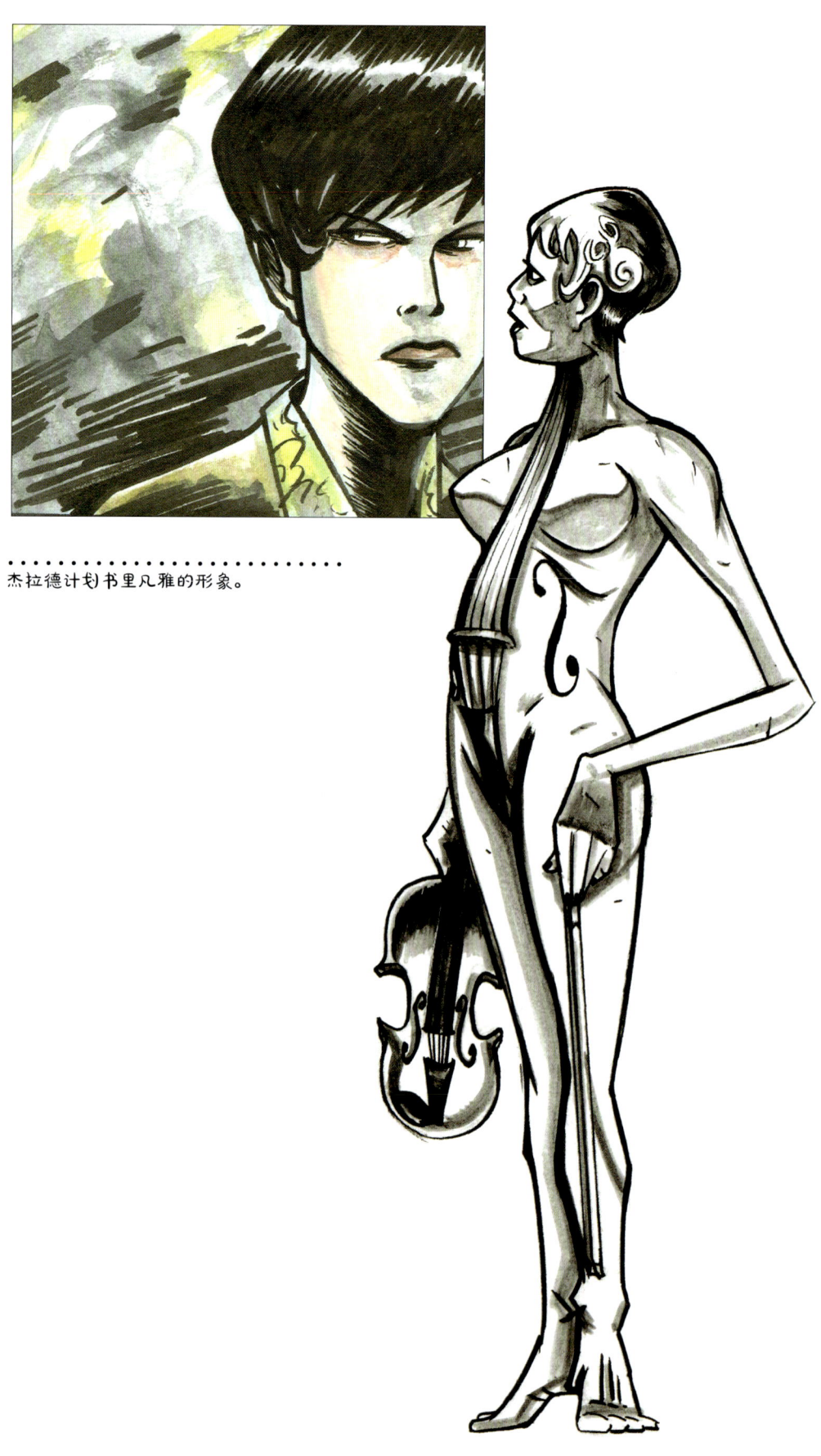

杰拉德计划书里凡雅的形象。

杰拉德关于波古的早期画作。

上图：杰拉德计划书里哈格里夫斯和他的助手阿比贾特的形象。
右图：加百列第一批伞学院的画作之一，尝试将这幅两个角色与葬礼的情景结合起来。

作为面试作品，加百列的这幅画跟后来我们要讲的故事关系不大。哈格里夫斯从故事一开始就决定是要死的，但阿比贾特原本在这个系列中是要担当更重要的角色。只是我们没有余地给他们俩发挥了。

· ·

杰拉德一直在脑海里浮现这组画面,在2006年圣诞前夕的一次市场营销会议上,他跟黑马漫画提出了这个点子。

他将此比拟成那幅经典的由猩猩进化成人的图画,从太空小子原先的名字"进化人"就能知道,进化是杰拉德爱用的一个主题,但其实其他人都想到了《Abbey Road》*的封面。

后两页:詹姆斯·简给第二章画的封面。这是除了杰拉德之外的人画的第一张伞学院的图。这张图在2006年的圣地亚哥国际动漫展作为宣传图。那时候加百列还没修改角色,例如改变太空小子的体型。凡雅不该出现在葬礼上,而且她也不应该变成白色小提琴的样子,不过那时候故事还没有定型。

* 著名的甲壳虫乐队经典专辑之一,又译作《阿比路》或《阿比大街》。

短篇故事
加百列·巴的笔记

下面两则短篇故事创作于《天启组曲》之前。

在等待开始我首部主流作品三个月之后,第一件事是要画一篇两页的短篇发布到网上作为预告,以便维持大家对这部作品的兴趣。我们预计得在一星期内完成。因为这篇故事发生在主线故事之外,所以我不需要对创造出来的东西太在意。但到最后一切发生得太快,没办法深入描绘任何一个角色,我很期待在正篇的创作里能够做到。我非常享受创作这个预告短篇,但这让我更加等不及开始正式连载了。这两页短篇的上色和嵌字是由丹·杰克逊所做。

进入2007年,我以为我终于能够结束这该死的等待,拿到脚本开始作画了。但这第一份脚本来得比任何人预计的都要艰难。斯科特和杰拉德想出了一篇十六页的故事在免费漫画日(Free Comic Book Day)分发,就这样我终于要和伞学院"见面"了。这个故事发生在正篇故事之前,这么说吧,那时伞学院成员正处于他们的巅峰状态。这时候才是我首次给杰拉德创作的全部人物作画。之前的七个月里,除了画完一篇两页的预告短篇外,我做的事情就只有等待——现在我有一篇十六页的真实故事要去创作了,要画那个可以堆满整个画面的猩猩躯体的小组首领,还得在同一场景里塞进另外五名成员。它不是那种激动人心的故事,但它有一种奇异怪诞、不同寻常的调调在里面,我非常享受这个成果。这也是第一次戴夫·斯图沃特给我的画作上色。完成第一个故事并看到它全彩的呈现后,我知道我们走上正轨了。

杰拉德·威

从他五岁时祖母交给他第一支铅笔起,他就开始书写和绘画漫画了。对艺术产生极大兴趣后,威进入了纽约市的视觉艺术学院进修。在成为一名音乐家前,他一直磨炼着他同为作家和艺术家的技艺。他曾经在享有盛名的牛津联合协会担任特邀演讲者,也曾被格莱美提名最佳艺术指导。如今他和妻子居住在加州洛杉矶。同时他还拥有一个乐队,即著名摇滚乐队"我的化学浪漫"。

加百列·巴

在过去的十年间,他和他的孪生兄弟法比奥·莫恩一起在他们的故乡——巴西最大的城市圣保罗里用漫画讲述着故事。他们在美国发表的第一部作品《De:TALES》,收集了他们创作的短篇,出色地展现了他们对人伦的关怀及塑造独一无二角色的能力。作为一名艺术家,在和作家马特·弗莱什一起创作了离奇古怪的科幻故事《卡萨诺瓦》后,巴抓住了《伞学院》这个可以去创作一个主流的超级英雄故事的机会,他可以在那些拳脚相加及飞天遁地的场景里将角色性格刻画得入木三分。

更多黑马佳作，敬请期待！

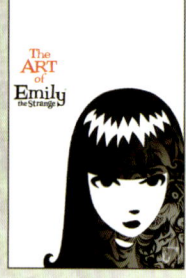

THE ART OF EMILY THE STRANGE
《朋克公主艾米丽艺术集》

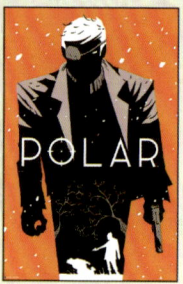

POLAR
《极线杀手》系列

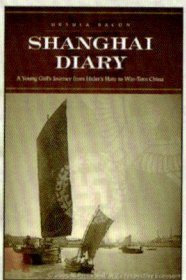

SHANGHAI DAIRY
《上海日记》

STARCRAFT
《星际争霸》

BLACK HAMMER
《黑锤》系列

THE WORLD OF TOM CLANCY'S THE DIVISION
《全境封锁》

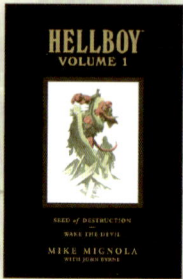

HELLBOY LIBRARY EDITION
《地狱男爵》系列

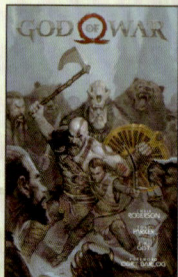

GOD OF WAR
《战神》

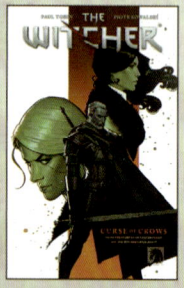

THE WITCHER
《巫师》系列

SIN CITY
《罪恶之城》系列

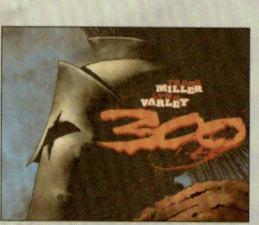

300
《斯巴达300勇士》

THE UMBRELLA ACADEMY
《伞学院》系列

黑马漫画：美国最大独立漫画出版社。
拥有近四十年漫画发行历史，构建了无数科幻故事，
与全球2000多位顶级漫画家长期合作。
黑马漫画/小说版权咨询请联络：
BIZ_CHINA@DARKHORSE.COM

黑马漫画